KB089691

모던 걸

캐피털 웨이

시집

그대이기에 서럽고 서러운 날들
사랑은 괴롭고 슬프기만 한 것인가요

누군가 그의 손을 이끌었다
그러나 그는 혼자였다

구름같이 왔다 가는
뜻 모를 이 인생

꽃다운 꿈이 뒹구는 서리 내린 밤풍경

발은 땅에 딛고 있지만
우리 별을 쳐다보며 걸어갑시다

언니 다시 오실 때가 꽃 필 때라기에

편집자의 말

100년 전, 고단한 현실에서도 꿋꿋이 자신의 목소리를 글에 담은 여성 작가들이 있습니다. 당시 우리 문단은 여성 작가의 글을 정식 문학으로 생각하지 않는 분위기였습니다. 그 안에서 여성의 문학은, 아니 여성들은 가부장제에 신음하며 여성의 자유와 권리를 부르짖었죠. 하지만 공고한 남성 중심 문단에서 그 목소리는 비주류가 되었습니다.

그리고 100년이 훌쩍 흐른 지금, 그 시절 여성 문학은 여전히 우리의 심연에 잠들어 있습니다. 무한한 가치를 꼭꼭 숨긴 채 말이죠. 이에 텍스트칼로리는 근대 여성 문학의 가치를 널리 알리고, 보다 많은 이들이 쉽게 읽을 수 있도록 〈모던걸 시리즈〉를 기획하게 되었습니다.

〈모던걸 시리즈〉를 출간하기 위해 수많은 근대 여성 작가의 글을 찾아냈고, 면밀히 살폈습니다. 작품을 선정하면서 현재 출판계의 강력한 흐름이라고 할 수 있는 여성 문학의 본류를 찾기 위해 치열하게 고민했습니다.

또한, 〈모던걸 시리즈〉에 실린 모든 작품은 텍스트칼로리 편집부가 직접 현대어로 번역했습니다. 원문의 뜻이 훼손되지 않는 선에서 현대의 독자분들이 읽는 데 거리감이나 어려움을 느끼지 않도록 과감하면서도 새로운 번역을 시도했습니다. 텍스트칼로리의 시선으로 큐레이션하고 현대의 언어로 담아낸 작품들은 분명히 오늘을 살아가는 독자분들께 큰 울림을 선사할 것입니다.

'모던걸'은 100년이 지난 지금도 현재 진행형인 키워드라고 생각합니다. '모던걸'이라 불렸던 근대 여성들은 유교적 억압에서의 해방과 표현의 자유, 스스로 선택할 권리를 찾기 위해 투쟁했고, 이 책에 담긴 작품들은 그 흔적입니다. 그리고 투쟁의 역사는 여전히 이어지고 있습니다.

물론 이 작품들이 거창한 주제를 다루는 것은 아닙니다. 첫사랑, 애정하는 것, 다정한 시골 풍경, 보고 싶은 엄마 등 정겹고 익숙한 소재가 대부분입니다. 그러나 그런 주제조차 여성의 펜 끝으로는 표현하기 힘들었던 시대에 탄생한 작품들이기에 우리에게 시사점을 던져주지 않을까요?

여전히 모던걸을 꿈꾸는 당신께

이 책이 기분 좋은 배부름이 되길 바라며.

추천사

〈모던걸〉의 저자들은 오늘의 우리가 이 글을 읽을 것을 이미 알고 있었을 것이다. 모든 글은 필연 미래를 향해 쓰이고, 모든 독자는 과거의 작가와 만나기 때문에. 그렇기에 우리의 독서는 먼 어제의 모던걸들에게 보내는 응답이기도 하다.

근대 문학의 가장 먼 어제로부터 당도해 온 이 글들은 경이롭게도 우리의 오늘을 반영해 내고, 이 글들을 읽는 동안 우리는 '이런' 오늘이 만료되고 더 나은 내일이 오기를 바라는 한패가 된다. 따라서 이러한 선언이 가능해진다.

〈모던걸〉을 읽음으로써, 우리 또한 모던걸이 된다.

박서련(소설가)

*** 일러두기**

1. 독자들이 읽기에 편하도록 난해한 문장이나 단어는 원문의 내용을 훼손하지 않는 선에서 현대 문법과 용어에 맞게 수정하였다.
2. 원문의 한자는 대부분 한글로 바꾸었으며, 필요한 경우에는 한글 옆에 병기하였다.
3. 본문에 실린 미주는 모두 옮긴이 주이며 작품의 이해를 위한 부가적인 설명이나 해설이 필요한 경우에 간략하게 풀이하였다.
4. 사전에 뜻이 나오지 않는 옛 단어들은 원문 그대로 표기하였다.
5. 신문에서 인용한 무명 여성 시인들의 작품은 출처를 기재하였다.

그대이기에 서럽고 서러운 날들
사랑은 괴롭고 슬프기만 한 것인가요

샘물과 같이

김명순

고향을 멀리 떠나서
방랑하는 신세 같았다
봄날 저녁이었다
가느다란 길 위의 처녀
다른 나라의 거리를 방황하다가
언덕 위의 대문을 두드렸다
온건한 손길이 문을 열었다

두 청년이 처음 만났다
못 잊을 반가운 얼굴이었다
그들이 그리던 마음속 얼굴이었다
그들은 부끄러워하여 서로 물러섰다
일보 뒤로 아니 일보 앞으로
생명의 꽃 시절이었다

보슬비

김명순

보슬보슬
보슬비가 내려옵니다
마당 위에
고여 있는 물만 불리는
보슬보슬
보슬비가 내려옵니다
우리 둘이 껴안고
이 비를 맞아
우리의 사랑에
물이 고이면
내년 춘삼월春三月[1]이
다시 올 때에
우리의 헌 사랑에
새싹이 날 거예요

산딸기

강경애

딸기 딸기 산딸기
깊은 산천의 산딸기
나는 산골 아가씨요
처녀였습니다

그대에게 한 번 바쳤기에
변치 않았습니다
정말로 진정으로
변치 않았습니다

몸은 고치고치 대나무 가지요
잎은 쇠잔하여 반백 살이지만
그대 향한 이 마음만은
붉게 탑니다

송이송이 핏덩이로
타고 남습니다

눈

김명순

시몬, 눈은 네 귀밑같이 희다,
시몬, 눈은 네 두 무릎같이 희다
시몬, 네 손은 눈과 같이 차다
시몬, 네 맘은 눈과 같이 차다

눈을 녹이는 데는 불의 키스
네 마음을 푸는 데는 이별의 키스
눈은 처량한 소나무 가지 위에,
네 이마는 처량한 검은 머리 아래

시몬, 너의 분신은 뜰에서 자고 있다
시몬, 너는 내 눈, 그리고 내 애인

고혹蠱惑2

김명순

꿈나라의 애인이시여
지금 이 세상 것 아닌 감미로운 노래에
고요히 잠든 귀를 기울였습니다

얼마나 자유로운 조율입니까
몸은 깨끗하게 되어 날개를 달고
꽃 피운 공간을 날으렵니다

덧없는 세상에서 운들 그대와 나,
내 앞의 대로를 걷지 않고
그대 앞의 동굴을 찾지 않았습니다
그러나 억눌렸던 우리들을
해방하는 노래가 들려오니
우리 꿈길을 버립시다

애인이시여, 애인이시여
여기 깊고 그윽하며 고요한 곳에
길이 있으니 이리 오세요

애인이시여, 애인이시여
사람들이 모르는 그곳에
길 있으니 날개를 펴세요

소녀이기에

시영

여보세요? 소녀라서 그 사랑이 뜨겁지 못하다구요? 그런 말 마세요. 소녀이기 때문에 그 사랑이 한없이 뜨겁구요 그 사랑의 불길이 너무도 뜨겁게 타서 억제할 수도 없어 괜히 발버둥만 친답니다

여보세요? 소녀라서 그 사랑이 길지 못하다구요? 그런 말 마세요. 소녀이기 때문에 그 사랑이 한없이 길고 그 사랑의 기억이 너무나 길게 가 지울 수도 없어 애매한 가슴만 쥐어뜯는답니다

여보세요? 소녀라서 그 사랑이 미덥지 못하다구요? 아아, 그런 말 마세요. 소녀이기 때문에 한없이 뛰는 가슴을 가지고도 진정 식힐 길이 없는, 소녀이기에 말 못하는 그림자만 끌어안고 하염없는 눈물만 쥐어짭니다

그립고 그리운 당신 없으면 미칠 듯하지만, 그런 당신에게까지 싫다고만 해야 할 소녀이기에 수줍은 소녀로 태어난 것을 너무나 원망한답니다

오, 내 사랑이여 그렇다고 당신까지 길거리에 방황하는 얄미운 소년처럼 진실 가득한 이 소녀의 사랑을 아주 미덥지 못하다고 부인해 버리시나요?

(1924년 11월 17일 동아일보 6면)

그러면 갈까요?

김명순

오랜 병자의 임종[3]같이
흐리던 날이 방금 숨질 그때
왜 당신은 머리를 돌립니까?
고운 꽃밭에 날이 저물면
태양이 꽃을 아끼는가 하겠건만
아아 그대 앞에 내가 섰을 때
머리 돌리던 그대 위해서 아아
그러면 울던 내가 갈까요?

그러면 내가 갈까요?
한 영혼이 한 영혼에게
기꺼이 만남을 준 것도
한 행복의 끄나풀이
우리를 얽어맨 것도
아아 또 내가 그대 앞에 선 일도
마른 나무에 꽃이 핀 일까지도
다 잊어버리고 아아
그러면 웃던 내가 갈까요

오오 그대
오오 그대
가시 덩굴 옆의 장미꽃같이
내가 인생을 헤맬 때
방긋 웃고 머리를 든
오오 그대
문란한 꽃을 사랑하지 않는 대신
사람을 사랑할 줄 아는 그대
가시 같은 시기로
내 양심을 찌르지 않는 그대
가시 덩굴에 무찔린 나를
인생의 향기로 살려낸 그대
오오 그대여 내 사람이여

그 여자의 고백

유재형

나는 처음에
그 남자와 사랑을 했습니다
그 사람으로부터 모든 우주가 있고
그리고 그 초점은
참되고 거룩한 '사랑'에 있다고
우리들의 순간은
빗나간 총알처럼 지나갔습니다
다음으로 정조를 바쳤지요
여자의 오직 하나인 생명을, 소유를

스위트홈 스위트홈 스위트홈
그렇게 해서 새로운 예술품 하나를
이 세상에 내보냈습니다
이거 봐요
그것이 꿈이었지요, 꿈이었습니다
폭발을 했으니까요
다이너마이트 소지자가 누구냐고요!
물론 그 남자였습니다

그러나 나는 용감했습니다
그랬기에 이 거리를 걷는 것이지요
그리고 지금 친구에게
슬픈 노래를 하나 씁니다
며칠 후에는
이름도 없는 항구에서 배를 탑니다

(1930년 10월 17일 조선일보 5면)

당신을 위해

노천명

장미 모양
으스러지게 곱게 피는 사랑이 있다면
당신은 어떻게 하시죠

감히 손에 손을 잡을 수도 없고
속삭이기에는 이 나이에 겸연쩍고
그래서 눈은 하늘만을 쳐다보면
얘기는 일부러 딴 데로 빗나가고
차디찬 몸짓으로 뜨거운 맘을 감추는
이런 일이 있다면 어떻게 하시죠

행여 이런 마음 알지 않을까 하면
얼굴이 화끈 달아올라
그가 모르기를 바라며
말없이 지나가려는 여인이 있다면
당신은 어떻게 하시죠

해바라기

김명순

잡초라면 나풀나풀
바람에도 흔들리고
밤에 피는 꽃이면 방긋방긋
달을 보고 웃을 텐데
별만 보고 고개 숙이는
해를 향한 풀아, 노란 꽃아

빛 그리는 노란 꽃
부끄러움 아는 처녀일까
그렇다고 가슴 잡고
아니라고 고개 들 때
노란 뺨에 구슬픔이
검은 눈을 흐리더라

부끄러움은 모른다
천만 번도 더 울었다
꼭 한 사람 그를 위해

내 머리를 숙인다
하늘 위에 나를 올려
구름 속에 숨어 볼까

그믐[4]밤

김명순

그믐밤 고운 별 떨어질 것 같아서
한아름 받으려는 허전한 이 모양아
벌레만 울어 댄다

가을을 찾아서 골짜기에 왔구나
울긋불긋 화려한데 이곳이 어디쯤이냐
물소리 그윽하여 숨은 사정 알려고 한다

모랫길을 흐르는 잔잔한 시냇물아
내 목소리 높여서 네 이름 부른다
바다로 가는 길을 나와 함께 가자

쓸쓸한 거리 끝에 그대 오실 리 없는데
그리운 정 도지면 오실 듯 들뜬다
혹시나 바라던 대로 눈앞에 펼쳐질까

초겨울 밤 깊어서 힘든 글 읽노라면
뒤뜰의 신발 끄는 소리가 그의 것 같은데
내 어려움 모르니 낙엽 소리인가 한다

뜻대로 된다 하면 훌훌 날아 보리라
그가 웃고 일하는 다행[5]한 화롯가에
파랑새 한 마리 되어 이 추위 전하리라

희망

노천명

꽃술이 바람에 고갯짓하고
숲들 마구 울부짖습니다

그대가 오신다는 기별만 같아
치맛자락 풀덤불에 긁히며
그대를 맞으러 나왔습니다

내 남자의 산호 비녀 하나 못 꽂고
실안개 도는 비단 치마도 못 걸친 채
그대 황홀히 나를 맞아 주겠거니
오신다는 길가에 나왔습니다

저 산등성이에 그대가 금세 나타날 것만 같습니다
녹음 사이 당신의 말굽 소리가 들리는 것 같습니다
내 가슴이 왜 갑자기 설렙니까

꽃다발을 샘물에 축이며 축이며
산마루를 쳐다보고 또 쳐다봅니다

거룩한 노래

김명순

꽃보다 고우려고
그대같이 아름다우려고
하늘과 땅에 기도를 했답니다

신보다 거룩하려고
그대같이 순결하려고
바다와 산에서 노래했답니다

그리하여 맑고 고운 내 노래는
모두 다 그대에게 드렸더니
온 세상은 태평하답니다

사월의 노래

노천명

사월이 오면, 사월이 오면은…
향기로운 라일락이 우거지리
회색빛 우울을 걷어 버리고
가지 않으려나 나의 사람아
저 라일락 아래로 라일락 아래로

보랏빛 물 듬뿍 안은 사월이 오면
가냘픈 맥박에도 피가 더하리니
나의 사람아 눈물을 걷자
청춘의 노래를, 사월의 정령을
드높이 기운차게 불러 보지 않으려나

앙상한 얼굴이 구름을 벗기고
사월의 태양을 맞기 위해
다시 거문고의 줄을 골라
내 노래에 맞추지 않으려나, 나의 사람아!

오해

오신혜

오해는 오만한 오색 가지 안경인가
고운 것도 밉게 보고 흰 것도 검다 하네
그 안경 벗겨 내기는 겸손한 이 손길이네

오해는 가슴속에 얼어붙은 얼음인가
그 입김 싸늘하여 삼복에도 서리 맺히네
그 얼음 녹여 내기는 참사랑의 햇빛뿐

오해는 가슴속에 돋아나는 가시인가
그 말끝 말끝마다 가시처럼 찌르네
그 가시 태울 불길은 참사랑의 불꽃뿐

추억

김강경부

내일 저녁은 대동교 구경 갑시다
당신은 웃으며 이렇게 말하였지
나는 서슴없이 네 하고 웃었지
그러고 당신과 나는 헤어져 버렸다
그 '내일 저녁'에 나는 무엇을 하였나
나는 친구에게 끌려서 시네마 구경 갔지
네 하고 웃은 대동교 구경은 아주 잊었지
그러고 벌써 한 해는 지나갔다
그 대동교 위에 나는 혼자 서 있다
당신의 쓸쓸하던 마음을 그대로 느낀다
보름달은 오늘 저녁도 퍽 밝다
그리운 옛날이여 다시 한 번 떠올린다
아아 잊기 어려운 추억이여

(1925년 7월 20일 동아일보 4면)

불꽃

김명순

1

천 리를 가던 사공
바다 한가운데 닻 내리네
사나운 물결 날뛰어
세상을 뒤집을 때
외로운 배의 불꽃 지켜
하늘의 별 하나다

2

땅속에 금 감추듯
하늘에 별 뿌리듯
그 아픈 가슴 터에
서러움의 씨 심은 후
비 내리고 눈 내려
가시 덩굴 길렀다

3

내 몸이 내 것이라니
아니다 또 아니다
그리워 꿈에 보면
사랑의 인질인 듯
괴로워 고쳐 보면
아픔의 포로인 듯

비련[悲戀6]의 노래

노천명

하늘은 곱게 타고 양귀비는 피었어도
그대이기에 서럽고 서러운 날들
사랑은 괴롭고 슬프기만 한 것인가

사랑의 가는 길은 가시덤불 고개
그 누가 이 고개를 눈물 없이 넘었는가
영웅도 호걸도 울고 넘는 이 고개

기어이 어긋나고 짓궂게 헤어지는
운명이 시기하는 약속한 이 길
아름다운 이들의 눈물의 고개

영지못[7]엔 오늘도 탑 그림자 비치지 않고
아사달은 누구를 찾아 못 속으로 들어가며
구슬아기 아사녀의 이 한을 어찌 푸나

저주

김명순

길바닥에 구르는 사랑아
배고픈 이의 입에서 굴러 나와
사람의 귀를 흔들었다
'사랑'이란 거짓말아

처녀의 가슴에서 피를 뽑는 아귀야
눈먼 이의 손길에서 부서져
착한 여인들의 한을 지었다
'사랑'이란 거짓말아

내가 미덥지 않은 너를
어떤 날은 만나게 해달라고 기도하고
어떤 날은 만나지 않게 해달라고 주문을 건다
속이고 또 속이는 단순한 거짓말아

배고픈 이의 입에서 굴러 나와
눈먼 이의 손길에 부서지는 것아
내 마음에서 사라져라
오오 '사랑'이란 거짓말아!

누군가 그의 손을 이끌었다
그러나 그는

혼자였다

고독

노천명

변변하지 못한 불행을 받던 날
어린애처럼 울고 나서
고독을 사랑하는 버릇을 지었습니다

번잡이 이처럼 시끄러울 때
고독은 단 하나의 친구라 할까요

그는 고요한 사색의 호숫가로
나를 달래러 데리고 가
내 어질러진 얼굴을 비춰 줍니다

고독은 오히려 사랑스러운 것
함부로 친할 수도 없는 것
아무나 가까이 하기도 어려운 것인가 봐요

달밤에

정순정

달밤에 부는 바람 처량하게도
외로운 나무 그늘을 흐느적흐느적 흔듭니다

달밤에 나무 그늘 흐느적거리면
힘없는 솔방울 하나씩 둘씩 떨어집니다

잠자던 벌레 들판을 울리면
마을의 처녀 외로움 안고서
용솟음치는 눈물을 억제치 못합니다

(1925년 12월 13일 동아일보 3면)

너무도 쓸쓸한 처녀여

김강경부

못생긴 얼굴을 메우고자
그는 힘껏 화장하였다
그 얼굴빛은 너무도 하얘졌다
못생긴 얼굴을 메우고자
그는 힘껏 그림을 그렸다
그 그림은 너무도 아름다웠다
못생긴 얼굴을 메우고자
그는 힘껏 시를 지었다
그 시는 너무도 고왔다
못생긴 얼굴을 메우고자
그는 힘껏 바이올린을 켰다
그 바이올린은 너무도 사람을 울렸다

아! 못생긴 얼굴을 메우고자
그는 모든 것에 잘나고 말았다
그러나 그 얼굴은 영원히 메우지 못하고
그는 지금껏 외로운 설움에 살아간다
아아, 너무도 못난 처녀여
너무도 굳센 처녀여
너무도 잘난 처녀여
그리고 아아
너무도 쓸쓸한 처녀여

(1925년 8월 2일 동아일보 4면)

묘지

노천명

이른 아침 노란 국화를 안고
산소를 찾은 것은
가랑잎이 빨갛게 단풍 드는 때였다

이 길을 간 채 그만 돌아오지 않는 너
슬프다기보다는 아픈 가슴이여

흰 비석들이
서러운 악보처럼 널려 있고
이따금 빈 소달구지가 덜덜대며 지나는 호젓한 곳

황혼이 무서운 어두움을 뿌리면
내 안에 피어오르는
산모퉁이 한 개 무덤
비애가 꽃잎처럼 휘날린다

외로움의 변조[變調8]

김명순

밤 깊으면 서러움도 깊어서
외로움으로 우울로 분노로
변조해서 그만 혼자 분풀이한다
싹싹 분노의 활을 쏘는 것은 철없이도
“나라야 서울아 쓰러져라
부모야 형제야 너희가 악마거늘”하고
짝짝 찢는 것은 피투성이 한 형제의 모양
땅땅 두들기는 것은 피 뿜는 내 가슴
“이 설움 이 아픔 이 원망을 어찌하랴”고
그만 지쳐서 잠들면
그 이튿날 아침까지는 쉼표
그러나 또 밤이 되면 다시 시작하기 쉬운
외로움의 변조라

모래

나혜석

벌판 가운데 깔려 있어 값없는
모래가 되고 보면 줍는 사람도 없이
바람 되면 먼지 되고
비 오면 진흙 되고
사람과 말에게 밟히면서도
싫다고도 못하고 이 세상에 있어
이따금 저 개천가에
민들레 국화 메꽃 꽃다지
피었다가 스러지면 흔적도 없이
누가 찾아오랴
누가 밟아주랴
모래가 되면 값도 없이

유리관 속에서

김명순

보이는 듯 마는 듯한 서러움 속에
잡힌 목숨이 아직 남아서
오늘도 괴로움을 참았다
개미의 생명과 같이
잡힌 몸인 것을
이 서러움 이 아픔은 무엇이냐
금기의 여인과 사랑하시던
옛날의 왕자와 같이
유리관 속에 춤추면 살 줄 믿고…
이 아련한 서러움 속에서
일하고 공부하고 사랑하면
재미나게 살 수 있다기에
미덥지 않는 세상에 살아왔었다
지금 이 보이는 듯 마는 듯한 관에
생매장되는 이 답답함을 어찌하랴
미련한 나! 미련한 나!

향수

김명순

불쌍한 과부 딸이
어머니께 고별할 때
잠깐 동안이라고
가볍게 절하면서
눈 오면 금방 오겠다고
울면서 웃었었다

외로운 몸이기에
좋은 집도 싫다고
혼자서 나왔는데
세상이 비웃을 때
그 비탄과 분노를
누구에게 이르랴

두 마음을 품은 여인
뜰아래 내려설 때
뿌리 패인 빨강 꽃
다시 심어 볼 것을
비나 멎으면 가라고
냉정히 이를 것을

영영 이별인 줄 알았다면
그 옷소매 놓았을까
손수건 주고 가신 님
철없이 기다리며
다섯 달 열두 번에
내 청춘 다 늙었다

속아서 그렇다고
친구를 보낸 처녀는
풀잎같이 연하고
사과같이 붉었다
잘 속는 어린 처녀
어느 때에 또 볼까

오는지 안 오는지
믿을 수 없는 친구
겨울에도 꽃 소식
기적 같은 이날에
변화 많은 정이면
다시 봄꽃 피워요

기도, 꿈, 탄식

김명순

1
거울 앞에 밤마다, 밤마다
좌우편에 촛불 밝혀서
한없는 지루함을 잊고 지고
달빛같이 파란 분 바르고서는
어머니의 귀한 품을 꿈꾸려
귀한 처녀 귀한 처녀 서러운 신세 되어
밤마다, 밤마다 거울 앞에

2
궁궐 연못가에 꿈마다 꿈마다…
어머니의 품 안에 안겨서
갚지 못한 사랑에 눈물 흘리고
손톱마다 봉숭아 물들이고서
어리던 그대의 앞을 꿈꾸려
착한 처녀 착한 처녀 홀로 되어
꿈마다, 꿈마다 궁궐 연못가에

3

둥그런 연잎에 얼굴을 묻고

꿈 이루지 못하는 밤은 깊어서

빈 뜰에 혼자서 서러운 탄식

연잎에 달빛같이 희뜩여[9]들어

지나가는 바람인가 한숨지어라

외로운 처녀, 외로운 처녀 파랗게 되어

연잎에, 연잎에 얼굴을 묻어

탄실이[10]의 첫 꿈

김명순

힘 많은 어머니의 품에
머리숱 많은 처녀는 웃었다
그 인자한 뺨과 눈에
작은 입을 대면서
그 목을 꼭 끌어안아서
숨 막히시는 소리를 들으면서

차디찬 어머니의 품에
머리숱 많은 처녀는 울었다
그 외롭고 쓸쓸한 어머니를 보고
어머니, 어머니
왜 돌아가셨소, 하고 부르짖으며
누가 미워서 그리했소, 하고 울면서

봄바람에 졸던 탄실이가
눈바람에 흑흑 흐느끼다
사랑에 게으르던 탄실이가
학대에 동분서주하다
주막에 줄 돈 없으니
돌베개 베고 꿈에 꿈을 꾸다

꿈에서 예전같이 비단 이불 덮고
얼핏 잠들어 꿈을 꾸니
천둥소리는 울어 오고
빗방울이 뚝뚝 떨어진다
탄실은 후다닥 몸을 일으켜
벼락 소리에 몰려
힘껏 달아났다
달아날수록 비와 눈은
그 헐벗은 몸에 쏟아지고
요란한 소리는 미친 듯 달려들었다
그는 나무 그늘에 몸을 숨겼다

온 하늘이 그에게 호령했다
“전진하라, 전진하라”
그는 어린 양같이
두려움에 몰려서
헐벗은 몸 떨면서도
한없이 달아났다
그동안에 날은 개었더라
댑싸리[11] 둘러 심은 푸른 길에
누군가 그의 손을 이끌었다
그러나 그는 혼자였다

가을의 설움

박희정

해마다 해마다 가을이 와서
푸른 풀이 마르고 싸늘한 바람이 불어
단풍 들고 잎 떨어질 때면
모든 사람이 서럽다고 합니다

해마다 해마다 가을이 와서
땀 흘리며 수고해서 거두어 놓은 볏 낫가리가
마음에 기쁘고 쌀밥에 배가 불러도
모든 사람 서럽다고 합니다

해마다 해마다 가을이 와서
일 년 식량을 다 예비한 후 한가한 겨울밤에
즐겁게 안식할 것을 기뻐하면서도
모든 사람은 서럽다고 합니다

(1926년 11월 3일 동아일보 3면)

탄식

정순정

피었던 꽃잎이 실없이 지고
늦봄의 바람에
가닥만 한가득이다
몹시도 불타던 사랑이
말없이 식고
뜬금없는 옛날의 기억에
쇠잔한 마음 새삼스러워

눈 오는 밤

검은 구름은 하늘에서 감돌고
이따금 별들은 반짝이는데
보들보들한 흰 눈은 내립니다
고요한 밤에 펑펑 쏟아집니다
어제까지도 불평, 불안, 공포와 시기, 질투에서
울고, 웃고, 즐기고 슬퍼하던 온 세상은
백설의 세계가 되어서 잠시라도 눈과 같이
맑고 보들보들하게
평화의 낙원이 대지 위에 막을 연 듯합니다
아! 그러나 슬픕니다
낮이 되면 다시금 눈은 사라집니다

(1926년 7월 30일 조선일보 3면)

구름같이 왔다 가는

뜻 모를 이 인생

구름같이

노천명

큰 바다의 한 방울 물만도 못한
내 영혼이 지극히 작음을 깨닫고
모래 언덕에서 하염없이
갈매기처럼 오래오래 울어 보았습니다

어느 날 아침 이슬에 젖은
푸른 밭을 거니는 내 존재가
하도 귀한 것 같아 들국화 꺾어 들고
아름다운 아침을
종달새처럼 노래하였습니다

하나 쓴웃음 치는 마음
삶과 죽음 이 세상 모든 것이
오래도록 못 풀 수수께끼니
내 삶의 비밀인들 어찌하겠습니까

바닷가에서 눈물 짓고…
이슬 언덕에서 노래 불렀습니다
그러나 뜻 모를 이 인생
구름같이 왔다 가나 봅니다

바닷가에서

오성덕

새파란 바닷물이 어린 공주의 마음씨 같을 때
바닷가를 고요히 거닐고 있으면
아름다운 노래가 고요히 들려오네
아마도 잠자는 물결의 숨소리겠지
아기의 다박머리 같은 저녁 햇살이
바다 위를 찬란히 비춰줄 때
내 혼은 조용히 물속을 순례하면서
평화로운 물나라를 찬미하네
이리저리 사박사박 거닐던 이 산 아래
모래를 쥐고 앉아 인생을 사색할 사이에
어느새 해는 지고 황혼이 물들여 오면
자던 물결 부스럭거리며 일어나네

(1931년 3월 6일 동아일보 5면)

가을의 구도

노천명

가을은 깨끗한 신부처럼
맑은 표정을 하는가 하면 또
외로운 여인네같이 슬픈 몸짓을 지녔습니다
바람이 수수밭 사이로
우수수 소리를 치며 설레고 지나는 밤엔
들국화가 달 아래 유난히 희어 보이고
건넛마을 옷 다듬는 소리에
차가움을 머금었습니다
친구여! 잠깐 우리가 멀리합시다
호수 같은 생각에 혼자 가만히
잠겨 보고 싶어요…

코스모스

백국희

밖엔 고달픈 여우가 헤매고 있다
벗은 나무들 피곤한 팔 드리우고
가을바람은 마른 잎을 뿌린다

웃음과 눈물
좀 더 가까이 서자
빛난다
유리 같은 공기 속에서
밝게! 차게!

진리

김송은

몽롱한 가슴 위에 보일 듯 보일 듯
어렴풋이 나타나다가
풀잎에 사라지는 봄바람처럼
고이 사라지는 것이 무엇입니까

고요한 가슴 위에 들릴 듯 들릴 듯
가늘게 속살거리다가
하늘 속 가라앉는 새 노래처럼
고이 사라지는 것이 무엇입니까

출렁대는 가슴 위에 붙잡힐 듯 붙잡힐 듯 살그머니
걸어오다가
꿈속에 왔던 옛 친구처럼
고이 사라지는 것이 무엇입니까

(1924년 6월 9일 동아일보 4면)

바다에의 향수

노천명

기억에 잠긴 남빛 바다는 아득하고
이를 그리는 정열을 걷잡지 못한 채
낯선 하늘 먼 물 위에서
오늘도 떠가는 구름으로 마음을 달래본다

지금은 바다 저편에
7월의 태양이 물 위에 빛나고
긴 항해에 지친 배의 육중한 몸뚱이는
집시의 퇴색한 꿈을 안고
푸른 요 위에 뒹굴며
낯익은 섬들의 기억을 뒤적거리리

푸른 밭을 갈아 흰 이랑을 뒤에 남기는
장엄한 출범은 오늘 아침에도 있었으리…
넘실거리는 파도— 바다의 호흡— 흰 물새—
오늘도 내 마음을 차지한다—

비 오던 그날

백국희

꿈은 사실이 될 수 있어도 사실은 꿈이 아니다

곰팡내 나는 공기 속에
아득한 이상이 호흡하고
말없이 타는 다리아의 가슴은
얼어붙을 듯 초조하다
오늘의 바다는 제멋대로 뒹굴려니와
마음 한복판엔 배 지나간 뒤같이
한 줄기 흰 길이 남았을 뿐
바람과 함께 뿌리는 비는
가슴 속 숨은 감명에 등불을 켠다

겁 없이 떨던 심금의 줄을 더듬어 보기도 하나
마음은
폐허의 골목같이 그저 호젓[12]하기만 하다

들국화

노천명

들녘 경사진 언덕에 네가 없었다면
가을은 얼마나 적적했을까
아무도 너를 여왕이라 부르지 않건만
봄의 화려한 동산을 사양하고
이름 모를 풀 틈에 섞여
외로운 계절을 홀로 지키는 빈들의 색시여
가을꽃보다 부드러운 네 마음 사랑스러워
거친 들녘에 함부로 두고 싶지 않았다.

한아름 고이 꺾어 안고 돌아와
책상 위 꽃병에 너를 옮겨 놓고
거기서 맘대로 화창하거라 빌었더니
들에서 보던 그 생기 나날이 잃어버리고

웃음 거둔 네 얼굴은 수그러져
빛나던 모양은 한 잎 두 잎 병들어 가는구나
아침마다 병에 넘치게 부어 주는 맑은 물도
들녘의 한 방울 이슬만 못하더냐?
너는 끝내 거친 들녘 정든 흙냄새 속에
맘대로 퍼지고 멋대로 자랐어야 할 것을…
뉘우침에 떨리는 미련한 손이
시들고 마른 너를 다시 안고
높은 하늘 시원한 언덕 아래
묻어 주러 나왔다 들국화야!
저기 너의 푸른 하늘이 있다
여기 너의 포근한 갈대 방석이 있다

술공장

김명순

포도 덩굴 태양을 바라보고,
생명을 향해 위쪽으로 가지 뻗는 모양이여
다만 몸이 긴 한 줌의 포도,
그러나 암흑을 벗어나서 혼연히[13],
거품을 타 넘친다
새로운 속삭임에, 반짝거리는 세계여,
그리던 포도여,
마음을 빼앗겨 자신을 잊은 피 속에서,
태양을 향해 더 높이 오르리라,
천천히 자라는 포도나무에 있는 것보다도

이같이 나는 마신다,
태양의 술 그 빛나는 것을
나의 피 속에 다시 넉넉한 생명을 주고,
다시 풍부한 사상과 희열과
의식하는 생명을 준다
그러나 영혼의 지평선 위에,
극도에 달한 태양을 바랐기에,
그도 장차 마른 잎처럼 없어지리라
원하건대 신이여, 나에게 강림하세요
내가 포도를 마신 것같이
지금 이 순간 나의 완전한 것인,
나의 몸을 마시세요,
영원히 같이 살기 위하여

아름다운 새벽을

노천명

내 가슴에선 사정없이 장미가 뜯겨지고
멍하니 바보가 되어 서 있습니다

흙바람이 모래를 끼얹고는
껄껄 웃으며 달아납니다
이 시각에 어디에서 누가 우나 봅니다

그 새벽들은 골짜기 밑에 묻혀 버렸으며
연인은 이미 뱀의 춤을 춘 지 오래고
나는 혀끝으로 찌를 것을 단념했습니다

사람들 이젠 종소리에도 깰 수 없는
악의 꽃 속에 묻힌 밤

여기저기 모르게 저지른 악이 있고
남이 나로 인하여 지은 죄가 있을 겁니다

성모 마리아여
임종처럼 무거운 이 밤을 물리쳐 주소서
그리고 아름다운 새벽을

저마다 내가 죄인이노라 무릎 꿇을—
저마다 참회의 눈물이 뺨을 적실—
아름다운 새벽을 가져다주소서

꽃다운 꿈이 뒹구는
서리 내린 밤풍경

캐피털 웨이

노천명

샅샅이 드러내 놓는
대낮은 고발자
눌러 보고 감싸 주어 아름답게만 보아 주는
밤은 연인

시속 십오 마일의 안전 상태로
나 이 밤에 캐피털 웨이를 달린다
낮에 낙엽을 줍던 이도 안 보이고
다람쥐처럼 웅숭그리고 밤을 굽던 소년도 그 자리에
없다

하나도 좋은 줄 모르고
날마다 오르내린 이 길이
오늘밤 유난히 멋지고 곱구나
몇백 원 택시의 효과여

가로수를 양옆에 끼고
포장도로를 미끄러지는 맛이 괜찮구나
보초 대신 칸칸이 늘어선
나의 가로등들의 아름다움이여
개 짖는 집 하나 없는 이 골목을
난 이제 조심조심 들어가야 한다

남의 집 급한 바느질을 하는
모퉁이집 할머니를 위해서
시린 손을 불며 과자 봉지를 붙이는
반장 아저씨를 위해서
기침도 삼키고 나는 조심히 들어서야 한다

고별

노천명

어제 나에게 찬사와 꽃다발을 던지고
우레 같은 박수를 보내 주던 사람들
오늘은 멸시의 눈초리로 혹은 무심히
내 앞을 지나쳐 버린다

청춘을 바친 이 땅
오늘 내 머리에는 죄인의 표식이 씌워졌다
외로운 섬이라도 좋으니 차라리 먼 곳으로
나를 보내다오
뱃사공은 나와 방언이 달라도 좋다

내가 떠나면
정든 책상은 고물상이 업어갈 것이고
아끼던 책들은 천덕꾸러기가 되어 장터로 나갈 것이다

나와 친하던 이들 또 나를 시기하던 이들
잔을 들어라 그대들과 나 사이에
마지막 작별의 잔을 높이 들자

우정이라는 것 또 의리라는 것
이것은 다 어디 있는 것이냐
생쥐에게나 뜯어먹게 던져주어라

온갖 화근이었던 이름 석 자를
갈기갈기 찢어서 바다에 던져 버리련다
나를 어느 떨어진 섬으로 멀리멀리 보내다오

눈물 어린 얼굴을 돌이키고
나는 이곳을 떠나련다
개 짖는 마을들아
닭이 새벽을 알리는 시골집들아
잘 있거라

별이 있고
하늘이 보이고
거기 자유가 닫히지 않는 곳이라면

감방 풍경

노천명

산파같이 입들이 달아 콩밥이 맛있어
동짓달에 셔츠도 벗어 준다
한 덩이 밥을 양보하는 건
이 안에서 위대한 일이다

함께 지낸 지 한 달에
서로 이름을 묻지 않았다
〈오십팔 번〉, 〈이십 번〉으로
불편 없이 통함이라

좋은 별명을 까닭 없이 싫어하는
잘생긴 나폴레옹 할머니
〈오늘은 날이 좋으니
말을 타고 알프스 산이나 넘어 보시죠〉

개 짖는 소리

노천명

개 짖는 소리가 들려온다
아는 이의 음성처럼 반갑구나
인가가 여기선 가까운가 보다

개 짖는 소리를 듣고 있으면
식구들 신발이 디딤돌 위 나란히 놓인
어느 집 다정한 풍경이 떠오른다

날이 새면 부엌엔 밥김이 어리고
화롯가엔 찌개가 보글보글 끓고
할머니가 잔소리를 해도 좋을 것이다

새벽녘 개 짖는 소리는
마을의 풍경을 실어다 준다
감방 안에서 생각하는 바깥은
하나같이 행복스럽기만 하다

창가

노천명

서리 내린
지붕엔 밤이 앉고

그 안에 꽃다운 꿈이 뒹굴고
누구 집인가 창이 불빛을 한 입 물었다
눈 비탈이 하늘 가는 길처럼 밝구나

그 속에 순한 얘기들을 줍고 있으면
어릴 때 잊어버린 집이 살아났다

창으로 불빛이 나오는 집은 다정해
볼수록 정다워

저 안엔 엄마가 있고
아버지도 살고
그리하여 형제들은 다행하고

마음이 가난한 이는 눈을 모아
고운 풍경을 한참 마신다

아늑한 집이 온갖 시간에 벌어졌다
친정에 간다는 새댁과 마주 앉은
급행열차 야간 기차간에서도

중년 신사는 나비넥타이를 찼고
유복한 부인은 물건을 온종일 고르고
백화점 소녀는 피곤이 밀린 잡담 속에서도

또 어느 조그만 집 명절 떡치는 소리를
들으면서도

기댈 데 없는 외로움이 박쥐처럼 퍼덕이면
눈 감고

가다가
슬프면 하늘을 본다

잔치

노천명

청사초롱[14]을 들리우고
호랑 담요를 쓴 가마가
윗동네에서 아랫마을로 내려왔다
천막을 친 집 마당엔
잔치 국수상이 벌어지고
상을 받은 아주머니들은
인절미에 절편에 대추랑 밤을 수건에 쌌다
혼인을 치르는 마당에선
예복을 입은 색시보다도 나는
그 머리에 쓴 칠보족두리[15]가 더 맘에 있었다

저녁

노천명

나이 갓 마흔에도 장가를 못 간 칠성이가
초상 때 쓸 짚신을 삼는 사랑방 윗목에선

저녁마다 몰이꾼들이 모이고
이야기책 읽는 소리가 들리고

밤이 이슥해 삽살개가 짖어서 보면
국수들을 시켰다

분이

노천명

칠월 낮 마루의 햇살이 등허리에 따갑고
경지나무 아래 사주쟁이 영감이 조는 마을
강에선 사람이 빠졌다고
아이들이 수선스레 모여들었다

다섯 살 난 내 어린 것이 오늘
물에 놀러 나갔다 빠져 죽었소
신발과 옷을 벗어놓은 채 이렇게 없어졌소

한 여인이 물가에 앉아
미친 듯이 울며 넋두리했다
하나님, 난 세상에서
악한 일한 기억이 없습니다
그런데 당신은 내 어린 것을, 내 어린 것을…

젊은 아낙네 손에
아기의 고무신이 꼭 쥐어져 있고
땅을 짚은 팔엔
여자아이 꼭두선 다홍치마가 감겼다
물가에 앉아 그 속을 들여다보곤
자꾸만 서러워졌다

분이야 너 들어오면 주려고
집에 참외 한 개 사놨다
아버지가 품 팔고 돌아오면
너 어디 갔다 하라느냐
그렇게 갈 것을…
잘 입히지도… 먹이지도 못하고…

남사당

노천명

나는 얼굴에 분칠을 하고
삼단 같은 머리[16]를 땋아 내린 사나이
초립[17]에 쾌자[18]를 걸친 나팔꾼들이
피리를 부는 저녁이면
다홍치마를 두르고 나는 향단이가 된다
이러하여 장터 어느 넓은 마당을 빌려
램프 불을 돋운 천막 속에선
내 남자의 목소리가 전부 굴욕을 당한다

산 넘어 지나온 저 동네엔
은반지를 사주고 싶은
고운 처녀도 있었건만
다음날 떠나야만 했던
처녀야!
나는 집시의 피였다
내일은 또 어느 동네로 들어가려나
우리들의 소도구를 실은
노새의 뒤를 따라
산딸기의 이슬을 털며
길에 오르는 새벽은
구경꾼을 모으는 피리 소리처럼
슬픔과 기쁨이 섞여 핀다

가을날

노천명

겹옷 사이로 스며드는 바람은
산산한 기운을 머금고…
드높아진 하늘은 비로 쓴 듯이 깨끗한
맑고도 고요한 아침

여기저기 흩어져 촉촉이 젖은
낙엽을 소리 없이 밟으며
허리띠 같은 길을 내놓고
풀밭에 들어가 거닐어 본다

끊일락 말락 다시 이어지는 벌레 소리
슬프게 넘어가는 마디마디엔
제철의 아픔이 깃들였다

곱게 물든 단풍 한 잎 따들고
이슬에 젖은 치맛자락 휩싸 쥐며 돌아서니
머언 데 기차 소리가 맑다

면회

노천명

〈노천명이 면회〉
철꺼덕 감방 문이 열린다
이렇게 반가운 말은 다시없다
허둥지둥 교도관의 뒤를 따르며
머리에 떠오르는 친한 얼굴들

번번이 나타나는 이는 오직
눈물 어린 언니의 얼굴
반갑고 미안한 생각
언니 앞에 머리를 숙이다
날마다라도 오고 싶은 형무소라 한다

얘기보다는 먹이고 싶어 내놓는 음식
눈물이 어려 떡도 화과자도 보이지가 않는다
이제 헤어지라는 교도관의 말에
두고 가는 이의 떨어지는 가슴
곧바로 핏줄이 땡긴다

대합실

노천명

막차가 떠난 뒤
대합실엔 종이쪽만 날고
거지 아이도 잠이 드나 본데

시간표에도 없는 차 시간을
사람들은 지금 기다리고 있다

생판 모르는 얼굴이 내리는 것인지도 모른다
기적 소리 산과 마음을 울리며

어느 바람 센 광야를 건너는 것인가
우랄알타이 보석 모양 너를 찾는 눈들이
번쩍거리고, 지루한 낮과 밤이 나이테처럼 서린 곳에
마지막 보람이 있으려 함인가

시간표에도 없는 차 시간을
사람들은 지금 기다리고 있다

피곤과 시장기와 외로움까지 두르고 앉아
눈을 감고 기다리는 사람들
목메어 소리치며 부를 그 사람은
언제쯤 온다는 것이냐
탑 위의 시계는 얼굴을 가리고
아무도 지금 몇 시인지 알 수 없다

발은 땅에 딛고 있지만 우리

*

◇

*

+

*

별을 쳐다보며 걸어갑시다

별을 쳐다보면

노천명

나무가 항상 하늘을 향하듯이
발은 땅을 딛고 있지만 우리
별을 쳐다보면서 걸어갑시다

친구보다
좀 더 높은 자리에 있어 본댔자
명예가 남보다 뛰어나 본댔자
또 미운 놈을 혼내 주어 본댔자
그까짓 것이 다 무엇입니까

술 한 잔만도 못한
대수롭잖은 일들입니다
발은 땅을 딛고 있지만 우리
별을 쳐다보면서 걸어갑시다

여자여

김정수

여자여 약자란 소리가 듣기 싫습니까?

그 소리가 듣기 싫거든

남편 앞에서 굽히지 마세요

여자여 해방을 부르짖습니까?

여자여! 자유를 요구합니까?

자유의 몸이 되려고 하거든 편협한 그 가슴을 헤쳐 놓으세요 그리고 용감히 뛰어 나가세요 가두의 행렬 속으로, 민중의 지경을 펼칠 무대 위로…

(1927년 11월 4일 조선일보 3면)

인형의 집

나혜석

1
내가 인형을 가지고 놀 때
기뻐하듯
아버지의 딸인 인형으로
남편의 아내인 인형으로
그들을 기쁘게 하는
위안물이 된다

2
남편과 자식들에게 대한
의무같이
내게는 신성한 의무 있다
나를 사람으로 만드는
사명의 길을 밟아서
사람이 되고자 한다

3
나는 안다 억제할 수 없는
내 마음에서
온통을 다 헐어 맛보이는
진정 사람을 제외하고는

내 몸이 값없는 것을
내 이제 깨닫는다

4
아아, 사랑하는 소녀들아
나를 봐서
정성으로 몸을 바쳐다오
많은 암흑 횡행하지만
다른 날, 폭풍우 뒤에
사람은 너와 나

(후렴)
노라를 놓아라
최후로 순순하게
엄밀히 막아 놓은
장벽에서
견고히 닫혔던
문을 열고
노라를 놓아주게

내 가슴에

김명순

검고 붉은 작은 그림자들,
번개 치고 양 떼 몰던 내 마음에 눈 와서
조각조각 찢어진 붉은 꽃잎들같이
회오리바람에 올랐다 떨어지듯
내 어두운 무대 위에 한숨짓는다

나는 무수한 검붉은 아이들에게 묻는다
오오 허공을 잡으려던 설움들아
분노에 매맞아 부서진 거울 조각들아
피 맞아 피에 젖은 아이들아
너희들은 아직 따뜻한 피를 구하는가

아아, 너희들은 내 맘의 아픈 아이들
그렇듯이 내 마음은 피 맞아 깨졌노라
내 아이들아 너희는 얼음에서 살 몸
부질없이 눈 내려 녹지 말고
북으로 북행하여 파란 하늘같이 수정같이
얼어서 붙어서 맺히고 또 맺혀라!

오오 봄!

김명순

불쌍한 우리의 모든 기도가
그이를 우리들의 안으로 모셔 온다
오오 봄! 모든 산 생명을 꽃 피울 봄
우리들이 새롭게 닦는 길을 바라고
저 산기슭 등성이에 파릇파릇
저 바위 패인 곳에 도을도을

봄이 왔느냐? 왔느냐? 하고
모든 생명은 그 싹을 내민다

모든 행복한 희망은
괴로움 없이는 이루어지지 않는다
오오 고통이야말로 우리를 아는 사랑
우리들이 닦아 가는 길 가운데
괭이 끝마다 맞부딪치는 돌덩이
막히고 또 막힌 벼랑과 벼랑
고통이 더 있느냐? 더 있느냐고
길 가는 모든 이들은 그 열성을 다한다

모든 행복한 생활의 시작이
우리의 역사와 우리의 단결을 가져온다

오오 봄! 모든 생명을 살려 낸 봄
우리들이 부르짖는 도리를 기다려
사람들의 얼굴마다 버럭버럭
사람들의 마음마다 반듯반듯

죄악은 더 있느냐? 더 있느냐고
모든 착한 이들이 참되게 웃으리라

빛

나혜석

그는 벌써 와서 내 옆에 앉았었으나
나는 눈을 뜨지 못하였다
아아! 어쩌면 그렇게 잠이 깊이 들었었는지

그가 왔을 때에는
나는 잠이 아주 깊이 들었었다

그가 좋은 음악을 내 머리맡에서 불렀었으나
나는 조금도 몰랐었다
이렇게 귀중한 밤을
수없이 그냥 보내었구나

아아, 왜 참으로 그를 보지 못하였는가
아아, 빛아! 빛아! 정화를 켜라
언제까지든 내 옆에 있어 다오

아아 빛아! 빛아! 마찰을 식혀라
아무것도 모르고 자는 나를 깨운 이상
내게서 불이 일어나도록 뜨겁게 만들어라
이것이 나를 깨운 너의 사명이요,
깨인 나의 본분이다
아! 빛아! 내 옆에 있는 빛아!

오빠의 편지 회답

강경애

오빠!
오래간만에 보내신 당신 편지에
"사랑하는 동생아 어찌 사느냐?"고요

오빠!
당신이 잡혀 가신 뒤 이 동생은
그 흔한 머리끈 한 번 못 써보고
쌀독 밑을 긁으며
몇 번이나 입에 손 물고 울었는지요

오빠! 그러나 이 동생도
언제까지나 못나게시리 우는
바보는 아니랍니다
지금은 공장에서
고무신을 제법 만든답니다

오빠 이 팔뚝을 보세요!
오빠의 팔뚝보다도 굳세고 튼튼해졌답니다
지난날 오빠 무릎에서
편안히 놀던 동생은 아니랍니다

오빠! 이 해도 저물었습니다
거리거리에는 바람결에
소식이 돌고 있습니다
오, 오빠! 아십니까? 모르십니까?
오빠! 기뻐해 주세요 이 동생은
옛날의 수줍던 가슴을 불쑥 내밀고
수많은 내 동무들의 선두가 되어
얼굴에 피가 올라 공장주와 싸운답니다

환상

김명순

인공의 드높은 성으로 둘러싸인 연못에
연두색의 이끼는 자라서 늘어서
은은히 힘 길러서는…
동록銅綠[20]의 시대에 도전한다

사람들은 다 연못가에 아득거려[21]
피를 잃고 넘어질 때

풍랑은 모든 영혼을 살아 쳐가고
부패는 모든 육체를 점령한다

하늘 위에는 오히려 미친바람
땅 위에는 아직 부패 그치지 않았을 때
돌로 빚은 한 사람이 나타나서
자줏빛의 환상으로 온 세상을 싸 덮는다

여기 새로운 세상에 봄이 온다
여자는 낳지 않고 남자는 기르지 않고
먼 것과 가까운 것, 선한 것과 악한 것,
아름다운과 추함을 폐지할 그때가

우리들의 마음속으로부터 온다
여기 새로운 봄의 기꺼운 때가 온다
동굴 바닥의 물 흐름이
태양을 향해 노래하고
시냇물과 종달새 노래가 어울릴 때가
우리들의 마음속으로부터 온다

이 땅의 봄

강경애

지금은 봄이라 해도
만물이 소생하는 봄이라 해도
이 땅은 봄인 줄 모르네 모르네

안개비 와서 앞산 밑의 풀이 파랗고
이 비에 새싹이 한 치 자라고
논둑까지 빗물이 가득하건만

아아, 밭갈이 못했습니다
논갈이 못했습니다
흙 한 줌 내 손에 못 쥐어 봤습니다

유언

김명순

조선아 내가 너와 영원히 이별할 때
개천가에 고꾸라졌든지 들에서 피를 뽑았든지
죽은 시체에게라도 더 학대해 다오
그래도 부족하거든
이다음에 나 같은 사람이 나더라도
할 수만 있는 대로 또 학대해 보아라
그러면 서로 미워하는 우리는 영원히 작별한다
이 사나운 곳아 사나운 곳아

노처녀의 설움

이종한

요 앞집의 을순이는
인물 잘난 탓인가
양반이라 그러한가
열 살부터 오는 중매
여태까지 오건마는
아니 나는 어찌해서
반 사십이 다 되어도
중매 할매 전혀 없나
보살 할매 보통 장사
성기 장사 바지 장사
쌀을 주고 밥을 줘도
내 중매는 아니 하니
할 일 없고 할 일 없다

사랑방에 손님 와서
아버지와 같이 앉아
편지 놓고 읽을 적에
혹시나 중매인가
머슴 불러 물어보니
외삼촌의 부음이라
방 안으로 들어가서

작은 거울 앞에 놓고
나의 모습 살펴보니
나이는 많은데
인물 풍채 아깝도다
화장품도 있지마는
쓸데없고 쓸데없다

우리 부모 날 길러서
잡아 쓸까 구워 쓸까
처녀 이십 나이 적소
요 앞집의 을순이는
열일곱에 시집간다
뒷집 머슴 김동이도
내가 좋아 내가 좋아
양반 신랑 내가 싫고
부자 신랑 내가 싫소
인물 풍채 마땅커든
하루바삐 전해주소

(1923년 11월 4일 동아일보 6면)

시골 주부의 노래

이종한

1

백두산이 높다 하나
시아비보다 더 높겠소
사자 범이 무섭다 하나
시어미보다 더 무섭겠소
고추 후추 맵다 하나
시동생보다 더 맵겠소
해와 달이 밝다 하나
시누이 눈보다 더 밝겠소
외나무다리 건너가기
조심조심 많다 하나
이내 인간 시집보다
조심조심 더 하겠소
국화꽃이 곱다 하나
남편보다 더 곱겠소
하박꽃이 곱다하나
자식보다 더 곱겠소
조심조심 많은 시집
이 둘밖에 볼 것 없소

2

못 할네라 못 할네라
시집살이 못 할네라
남편님은 옷 달라고
앉은 아기 밥 달라고
누운 아기 젖 달라고
소와 말은 잡[22] 달라고
도야지는 죽 달라고
닭의 무리 뫼[23] 달라고
못 할네라 못 할네라
시집살이 못 할네라

(1930년 3월 2일 조선일보 5면)

母된 감상기 中

나혜석

아프다 아파
참 아파요 진정
과연 아픈데
푹푹 쑤신다 할까
씨리씨리다 할까
딱딱 결린다 할까
쿡쿡 찌른다 할까
따끔따끔 꼬집는다 할까
찌르르 저리다 할까
깜짝깜짝 따갑다 할까
이렇게 아프다고 할까
아니다 이것은 아니다
박박 뼈를 긁는 듯
짝짝 뼈를 긁는 듯
빠작빠작 힘줄을 옥죄는 듯
쪽쪽 핏줄을 뽑아내는 듯
살금살금 살점을 저미는 듯
오장이 뒤집혀 쏟아지는 듯
도끼로 머리를 부수는 듯

이렇게 아프다고 할까
아니다 이것 또한 아니다
조그맣고 샛노란 하늘은 흔들리고
높은 하늘 낮아지며
낮은 땅 높아진다
벽도 없이 문도 없이
통하여 광야 되고
그 안에 있는 물건 쌩쌩 돌다가는
어쩌면 있는 듯
어쩌면 없는 듯
어느덧 맴돌다가
가진 빛 찬란하게
그렇게 곱던 색에
매몰차게 씌워 주는
검은 장막 가리니

이 내 작은 몸
공중에 떠 있는 듯
구석에 끼여 있는 듯

침상 아래 눌려 있는 듯
오그라졌다 펴졌다
땀 흘렸다 으스스 추웠다
그리도 괴롭던가!
그다지도 아프던가!

차라리
펄펄 뛰게 아프거나
쾅쾅 부딪히게 아프거나
끔벅끔벅 기절하듯 아프거나
했으면
무어라 그다지
10분 간에 한 번
5분 간에 한 번
금세 목숨이 끊일 듯하나
그렇게 이상하게 아프다가
흐리던 날 햇빛 나듯
반짝 정신이 나 상쾌하며
언제 아팠냐는 듯

무엇이 그렇게
갖은양념을 더하는지
맛있게도 아파라

어머님 나 죽겠소
여보 그대 나 좀 살려줘요
내가 심히 애원하니
옆에 팔짱 끼고 섰던 남편,
"참으시오." 하는 말에
"이놈아 듣기 싫다."
내가 악을 쓰고 통곡하니
이 내 몸 어쩌다가
이렇게 되었는가

인내하라

김명순

1

바위 고개를 넘고
절벽에서 떨어질 때
그 아프고 쓰림이여
오죽하였으련만
목적지인 태평양에
다다른 그 시내는
아프고 쓰리던 생각
물거품으로 돌아가리라

2

몹시 더운 삼복 더위에
피땀 흘리며 김매는
농부의 괴로움인들
오죽하였으련만
서늘한 가을 달밤에
곳간을 내다볼 때면
땀 흘리던 그 생각은
가을바람에 잊혀지리라

3

남자에게 압박 받고
천부인권 상실했던
여자들의 고통이야
오죽하였으련만
이제부터 배움있고
정신차려 활동하면
전에 있던 그 고통은
일장춘몽[19] 되리로다

4

다정한 고향을 떠나
냉정한 객지에 와서
갈톱 만주 파는 고생이
오죽하였으련만
낙심말고 공부해서
성공하는 날에는
만주 팔던 그 생각은
구름 위에 뜨리로다

5

고국 산천 이별하고
이상향을 찾아갈 때
배고프고 목마름이
오죽하였으련만
용감하게 분투해서
이상향을 찾은 그때
배고프던 그 생각은
옛이야기 되리로다

(1921년 6월 2일 조선일보 4면)

언니 다시 오실 때가

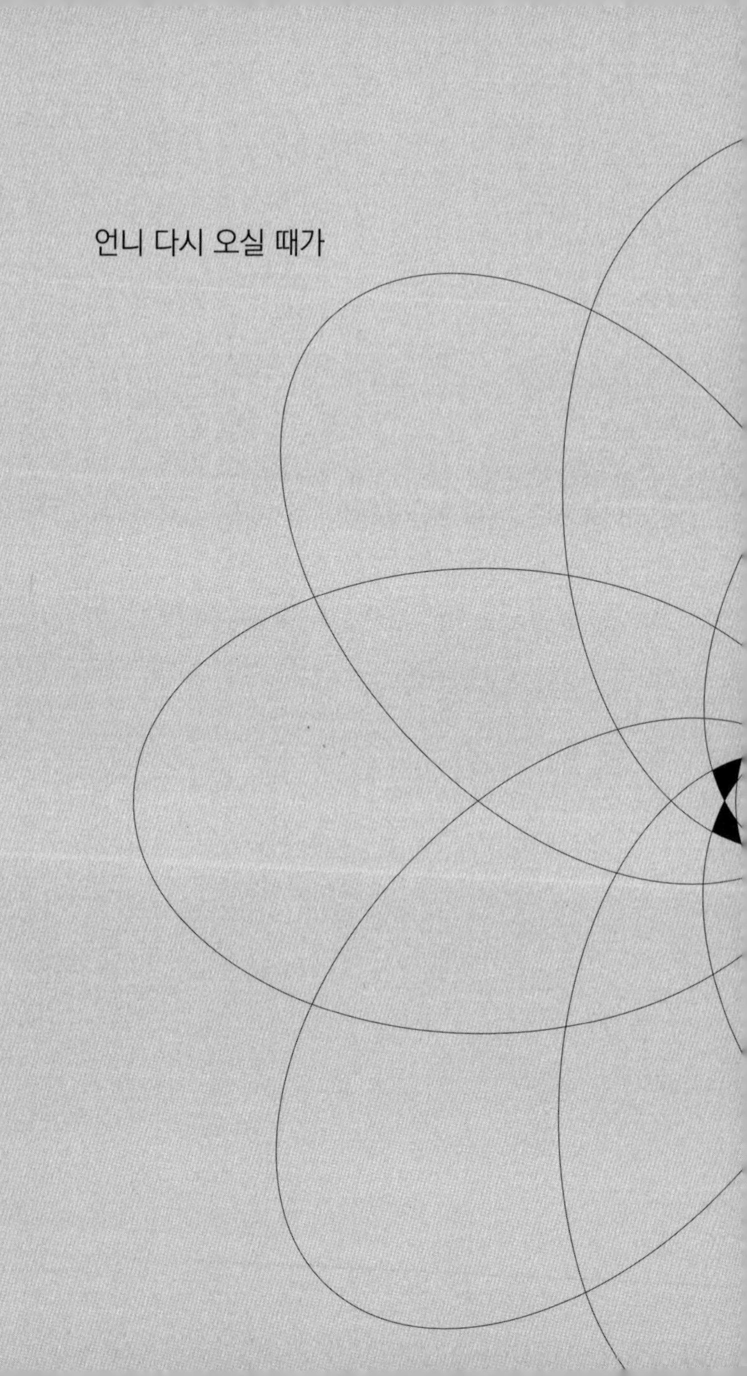

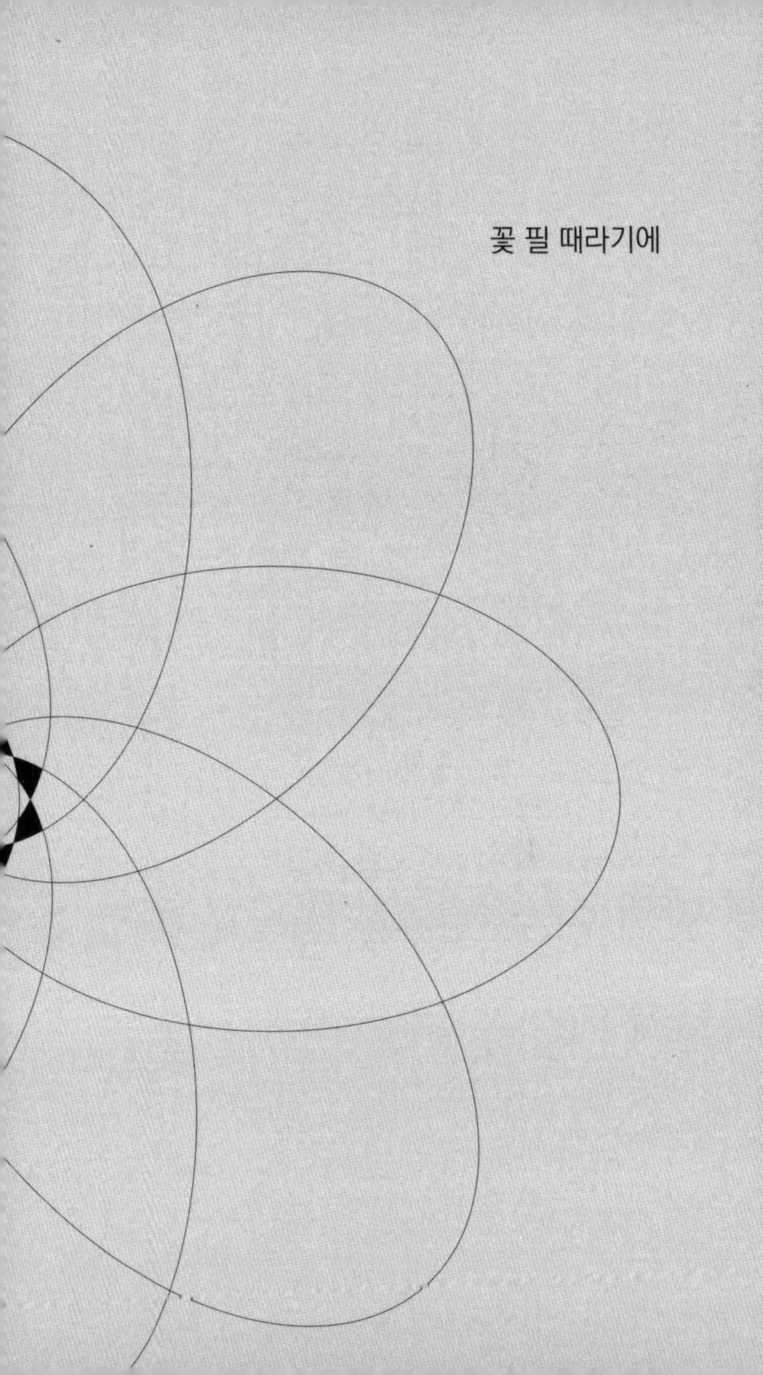

꽃 필 때라기에

어머니와 딸

김사용

애경아 애경아 잠이 오느냐 새끼는 내일 꼬고 그만 자거라. 밤이 벌써 열시나 되었나 보다 아니에요 어머님 잠은 안 와요 요새 달 밝고 밤이 길어서 아직도 한 시간은 일하겠어요 애경아 애경아 너는 혼자서 가만히 그 무엇을 생각하느냐 돌아가신 아버지 생각하느냐 아니에요 어머님 아니랍니다 뒷산에 마른 잎을 내일도 가서 나무 해 오려고 생각합니다 애경아 애경아 너는 어째서 그렇게 한숨을 자꾸 쉬느냐 광산에 간 오빠를 생각하느냐 아니에요 어머님 아니랍니다 내일은 재미있는 책을 빌려 와 어머님 들으시게 읽으려 해요

(1929년 11월 20일 조선일보 5면)

울 엄마 눈물

안송

울 엄마 눈물은
많기도 해요
나는 나는 유치원
다닐 때고요
울 오빠 큰 학교
다닐 때는요
울 아버지 감옥
들어갔다고
엄마는 자꾸자꾸
울어댔지요
울지 않던 울 엄마
또 우십니다
나는 나는 학교서
늦게 오니깐
울 오빠 청년회서
잡혀갔다고
울 엄마 자꾸자꾸
눈물 흘려요

(1930년 2월 2일 조선일보 5면)

언니 오시는 길에

김명순

언니 오실 때가
두벌 꽃 필 때라기에
빨간 단풍잎을 따서
지나실 길가마다 뿌렸더니
서리 찬 가을바람에 넋을 잃고
이리저리 구릅니다

떠났던 마음 돌아오실 때가
물 위의 얼음 녹을 때라기에
애타는 피를 뽑아서
쌓인 눈을 녹였더니
마저 간 겨울바람이 취해서
또 눈보라를 칩니다

언니여 웃지 않으십니까
꽃 같은 마음이 꽃 같은 마음이
이리저리 구르는 대로
피 같은 열성이 오오 피 같은 열성이
이리저리 깔린 대로
이 노래의 반가움이 무거운 것을

자매

노천명

언니와
밤을 밝히는 새벽은
신의 은총을 받는 것 같아
내 야윈 뺨엔 눈물이 비 오듯 했다

지금도 생각하면 눈이 뜨거워
언니가 보고 싶어 떠나는 날은
천리 길을 주름잡아 먼 줄을 몰라

감나무가 집집마다 빨간 남쪽
말투가 거세 이방 나라 같건만
언니가 산대서
그곳은 늘 마음에 그리운 곳

오늘도 남쪽에서 온 긴 편지
읽고 읽으면 구슬픈 사연들

〈불이나 따뜻하게 때고 있는지
너를 혼자 두고
바람에 유리문들이 우는 밤엔 잠이 안 온다〉

두루마리를 잡은 채
눈물이 핑 돌았다

깊은 밤에

김명순

1
깊은 밤이다
사방이 고요하다
버릇이 되어, 산같이 가득 쌓인
책장을 쳐다본다
하나씩 사들이던 고난을 회상한다

2
그것이 모두
'무지의 굴레를 전개시키는 수밖에 없다'고
일러온 것을
기운을 가다듬고 머리를 흔들다가도
어머니! 고요히 부르짖고
천장을 우러러 한숨짓는다

3
신성을 말씀하시는 그 이마
검은 안경 밑에 청록색의 눈빛
나의 무릎을 잊게 하시려고
가지가지로 표정하시던
위엄과 사랑과 진실됨
당신에게로 내가 갑니다 또한

오시도록 기다립니다

4
한바탕 거룩한 장면이 지나면
그가 살아 있던 때처럼 하얗게 입고
기다란 속눈썹 아래 둥그런 눈동자
아름다운 코와 입 모양이
한층 더 깨끗케 되어
—애처로운 내 아기 그렇게 괴로워서—
꽃의 본성같이 천장 위로 나타난다

5
아름다운 꽃밭에 즐거운 시냇가에
오빠야 누나야 친구야 부르짖던 일
다 옛날이었고 그나마
지금은 안 계신 내 어머니
나와 피와 살을 나누신 그이가
내 생활과 내 사랑을 아시는 듯
저승과 이승을 통하여 오는 설움에
밤마다 때마다
눈물을 짓는다

어느 야속한 동포가 있어

지하련

적의 손에서 적의 말을 배우며 자라난 너
아득한 전설 속에 조국은
네 서러움과 함께 커갔을 것이다

침략하는 적이 늑대와 같고 늑대를 쫓는
동족이 너를 아낄 리 없어
탄환이 아닌 네 몸으로, 적은 화포를 막았다

여기 어머니와 누나가 있어
뼈 바스러지고 가슴 메였으나 너는 개만도 못하여
돌볼 주인이 없었다

오늘
원수의 대포 연기 속에서도 오히려 살아온

우리 귀중한 너
불의엔 목숨을 걸고 조국 행복 앞에
개와 말처럼 충실하던 너
가슴엔 훈장도 없고 총도 가지지 못한 너
소금으로 밥 먹고 밤이면 머리 맞대고
별을 안고 자던 너

그래 이러한 너를
어느 야속한 동족이 있어 죽였단 말이냐!

네 고단한 잠이 깃들인 숙소는 피에 물들고
우리나라 만세!
약소민족 해방 만세!
너는 통곡하며 죽었다
네 외침이 높이 올라
또다시 조국 하늘에 사무칠 것이다
오늘도 설움을 질끈 동인 너,
나의 가여운 사랑하는 동생아!

네가 만일 부랑자라면,
나는 부랑자의 누나가 될 것이고
네가 도적이라면
도적의 누나로 나는 명예롭다

그러나—
누가 진정 도적인가는
너만이—가슴을 찔러 통곡한 오—직 너만이 잘 알 것이다

여섯 시

박재관

눈 오나 바람 부나
여섯 시 되면
울 언니는 조그만
도시락 들고서
분 바른 얼굴에다
신작로[24] 내고
아버지 잘 계세요
갔다 오리다
이런 인사하고는
떠나간다오

해 지고 어두워도
여섯 시 되면
울 언니는 조그만
도시락 들고서
핼쑥한 그 얼굴에
풀이 죽어서
아버지 갔다 왔소
인사하고는
저녁밥도 안 먹고
쓰러진다오

(1930년 1월 29일 조선일보 5면)

어부의 아내

오성덕

나는 어부의 아내라
오, 해만 지면 고기잡이 가신 남편 생각에
가슴이 방망이질하는 것 같습니다

그 모진 풍랑을 어찌 넘어오는지
어두운 밤바다에서 방향이나 잃지 않았는지,
심지어 고기는 얼마나 잡았는지,
그물을 잃지 않았나 하는 근심에
맘이 편할 때가 없어 염려스럽습니다

그이의 밥을 다 해 놓고
무심히 저무는 바닷가 모래밭에서
나는 우리 사랑의 열매인 갓난아이를 업고
수평선을 뒤흔드는,
사자처럼 거친 바람이 부는
저 바다 저 끝을 바라보면
두세 집의 어촌에서
희미한 불이 반짝일 때
남편 배의 등불이 아닌 줄 확연히 알지만
그래도 기다리는 애달픈 마음에
그쪽만 바라봅니다

(1930년 12월 3일 동아일보 5면)

울 언니 월급

박재관

울 언니 월급 타면 쓸데 많지요
병들은 아버지의 약사들이고
날마다 나가라는 집 세금 물고
무섭게 호령하는 전기세 물고
기한을 연기했던 전당물 찾고
두 달 거듭 밀려온 월사금 물고
안 먹고 살 수 없는 쌀 되나 사면
이달 월급 다 써도 모자란다우

(1930년 5월 2일 조선일보 5면)

공장 뛰—

안송

아무 때나 공장 뛰—는
듣기 싫어요
호랑이 울음처럼
가슴 놀래요

불쌍한 우리 언니
눈 온 새벽도
공장 뛰—불면은
울며 갑니다

공장 뛰—불면은
불쌍한 언니
오나 하고 기다리다
속는답니다

(1930년 1월 25일 조선일보 5면)

눈

양우정

1
송이송이 함박눈 내려옵니다
따스한 남쪽에도 눈이 옵니다
내리면 자취 없이 사라질 눈이
하루 종일 온종일 내려옵니다

2
복돌이 떠난 나라 머나먼 나라
차디찬 북쪽 나라 눈 오는 나라
꼬막꼬막 꼬막손 호호 불면서
복돌이는 지금쯤 무엇을 하나

4
사박사박 바사삭 눈을 밟으며
오늘도 떡통 메고 돌아다니나
새파란 그 입소리 호적을 불며
쌀쌀한 거리거리 돌아다니나

(1930년 1월 12일 조선일보 5면)

내 마음

정순정

신부의 흐트러진 머리카락 같은
축축 늘어진 수양버들이
바람결에 하늘하늘 창문을 스칠 때
고이 잠들었던 내 마음은
깃을 떨고 일어났습니다
옛 기억 새로워서 내 마음 찌를 때
눈물조차 새롭습니다
이 어찌 내 마음뿐일까요
청춘 시절 한때는 너 나 할 것 없이

(1925년 9월 8일 조선일보 3면)

아껴 무엇하리, 청춘을

나혜석

살이 포근포근하고
빛은 윤택하고
머리가 까맣고
눈이 말똥말똥하고
귀가 빠르고
언어가 명랑하고
태도가 날씬하고
행동이 겸손해서
참새와도 같고
제비와도 같고
앵무새와도 같고
공작과도 같다

나이 먹으면
주름살이 잡히고
빛깔이 검어지고
머리가 하얘지고
귀가 어둡고
눈이 흐려지고

말이 아둔해지고
몸이 늘신해지고
행동이 느려져
기린과도 같고
곰과도 같고
물소와도 같다

이리하여
살날이 많던
청춘은 가고
죽을 날이 가까운
노년에 이른다

어찌 청춘이 가는 게
아깝지 않으랴

그러나 나는
아쉬워하지 않으니
청춘은

들떴었고
얕았었고
얇았었고
짧았던 것이오
나이 먹고 보니
침착해지고
깊고
두텁고
길다
청춘을
헛되이 보내었던들
아끼지 않을 바 아니나
빈틈없이 이용한 청춘을
아까워할 무엇이 있으며
지난 청춘을
아쉬워해 무엇 하겠는가
장차 올 노년이나
잘 맞으려 한다

용어해설

1. 춘삼월(春三月): 봄 경치가 한창 무르익는 음력 3월.

2. 고혹(蠱惑): 아름다움이나 매력 같은 것에 홀려서 정신을 못 차림.

3. 임종(臨終): 죽음을 맞이함.

4. 그믐: 음력으로 그달의 마지막 날.

5. 다행: 바깥일이 잘되어 운이 좋다.

6. 비련(悲戀): 슬프게 끝나는 사랑.

7. 영지못: 경상북도 경주시 외동읍 괘릉리에 있는 연못. 751년(신라 경덕왕 10) 김대성이 불국사를 지을 때 신라로 온 옛 백제 지역의 석공 아사달과 그의 아내 아사녀의 슬픈 전설이 어린 곳이다. 아사달은 불국사 다보탑을 완성하고 석가탑을 만드는 데 여념이 없었다. 남편을 그리워하던 아사녀는 서라벌로 찾아갔으나, 탑이 완성될 때까지 기다려 달라는 주지의 뜻을 받아들여 탑의 그림자가 비칠 것이라는 못가에서 기다렸다. 남편을 지척에 두고 만나지 못하던 아사녀는 문득 못 속에서 탑의 환상을 보고 아사달을 그리며 연못으로 뛰어들었다. 석가탑을 완성하고 아사녀가 기다리는 영지로 찾아 온 아사달 역시 아내의 죽음을 알고 아사녀를 부르며 못 속으로 뛰어들었다. 이후 아사녀가 남편을 기다릴 때 탑의 그림자가 이 연못에 비추었다 하여 그림자 못, 영지라 하였다.

8. 변조: 악곡의 진행 중에 계속되던 곡조를 다른 곡조로 바꿈.

9. 희뜩이다: 다른 빛깔 속에 흰 빛깔이 섞이어 어글거리게 비치는 모양.

10. 탄실이: 김명순의 필명.

11. 댑싸리: 명아줏과의 한해살이풀. 높이는 1미터 정도이며, 잎은 어긋나고 피침 모양이다. 한여름에 연한 녹색의 꽃이 피며 줄기는 비를 만드는 재료로 쓰인다.

12. 호젓하다: 매우 홀가분하여 쓸쓸하고 외롭다.

13. 혼연히: 다른 것이 조금도 섞이지 아니한 모양.

14. 청사초롱: 푸른 천과 붉은 천으로 상, 하단을 두른 초롱. 조선 후기에, 궁중에서는 왕세손이 사용하였고, 일반에서는 혼례식에 사용하였다.

15. 칠보족두리: 새색시가 쓰는 족두리. 사방에 금박을 박고 여러 가지 패물로 꽃 모양을 만들어 꾸민다. 소례복에 갖추어 쓴다.

16. 삼단 같은 머리: 숱이 많고 긴 머리.

17. 초립: 어린 나이에 관례를 한 사람이 쓰던 갓.

18. 쾌자: 소매가 없고 등솔기가 허리까지 트인 옛 전투복.

19. 일장춘몽(一場春夢): 한바탕의 봄꿈이라는 뜻으로, 헛된 영화나 덧없는 일을 비유적으로 이르는 말.

20. 동록(銅綠): 구리의 표면에 녹이 슬어 생기는 푸른빛의 물질로 독이 있다. 돈에 대한 욕심을 비유적으로 이르는 말.

21. 아득거리다: 이를 야무지게 가는 소리가 잇따라 나다. 또는 그런 소리를 잇따라 내다.

22. 잡: 여물.

23. 뫼: 모이.

24. 신작로: 새로 만든 길이라는 뜻으로, 자동차가 다닐 수 있을 정도로 넓게 새로 낸 길을 이르는 말.

부록

眞理

金松隱

몽롱한가슴우에
보일듯보일듯
아렴푸시나타나다가
풀입에사러지는봄바람처럼
고히사러지는것이무어입니[illegible]

고요한가슴우에
들릴듯들릴듯
가늘게속살거리다가
하늘속가라안는새노래처럼
고히시러지는것이무엇입니[illegible]

출렁대는가슴우에
붓잡힐듯붓잡힐듯
살금어니거러오다가
꿈속에왓든녯친구처럼
고히사러지는것이무엇입니[illegible]
(一九二四, 四, 一七)

「진리」, 김송은 作, 1924년 6월 9일, ≪동아일보 4면≫

『[illegible]』

晋州高普 鄭太伊

눈어두은봉사님
작지[illegible]집고
[illegible]혼자서
어대로가나
작난군아이들이
모여놀어서
갈막는[illegible]인[illegible]
오작하리요

女子여

[illegible]高普 金正守

女子여! 幽[illegible]한소리가 듯기
실슴니까?
그소리가듯기실커든
男便의압헤서굽히지마지요
女子여! 解放을부르짓슴니까
女子여! 自由를要求함니까?
自由의몸이되라하기든
[illegible]한그가슴을헤처노시요
그리고男便에게서나가라
街頭의行列속으로
民族의[illegible]우흐로……

청개고리

晋州高普 鄭太伊

개굴개굴어염분 청개고리는
봉선화가욱어진 그품속에서
아름다운향긔를 혼자서맛고
아츰에이슬따서 세수한대요

제비

同人

江南에서들아온 제비새는요
남쪽나라먼고향 그리울때면
푸른한울처어서 가고십지만

「여자여」, 김정수 作, 1927년 11월 4일, ≪조선일보 3면≫

少女이길래

情影

여보서요 少女이길래
그사랑이 뜨겁지못하다구요?
마십시요 少女이길래로
그사랑이 限업시뜨겁구요
그사랑의 불길이 넘우도뜨겁거라
길래
엇지할수도업서 恭然히발버둥만
친답니다
여보서요 少女이길래
그사랑이 길지못하다구요?
마십시요 少女길래로
그사랑이 限업시길고요
그사랑의 記憶이 넘우나길거가길
래
지울수도업서 曖昧한가삼만쥐뜻
는답니다
여보서요 少女이길래
그사랑이 미덥지못하다구요?
아아 마십시요 少女길래로
밟입시뒤는가삼을가지고드

진정식힐길이업는少女길래로
말못하는그립자만쓰래안고
하울업는눈물만쥐여짯구요
그리고 그리운당신 업스면잇칠
눈한당신에게까지
실라고만해야할少女길래로
수집은少女,이少女로 태여난것
울얼마나얼마나 원망한답니다
오,내사랑이어 그럭타고당신께
지 길거리에彷徨하는 일밉은少
女가치
이眞情가득한 少女의사랑을 아
조미덥지못하다고 否認해버리
심닛가?!

그사람들

啞笑

쓸쓸한 붉은놀에
어두움은 나린다
흰옷입은 사람들아
어데를가는가

그사람들은

「소녀이기에」, 시영 作, 1924년 11월 17일, ≪동아일보 6면≫

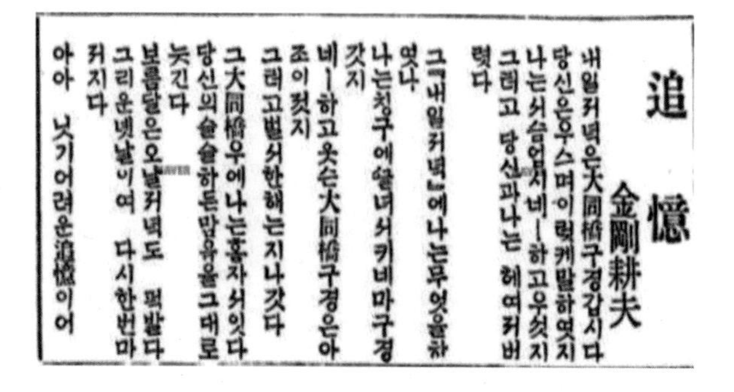

追憶

金剛耕夫

내일저녁은大同橋구경갑시다
당신은우스며이럭케말하엿지
나는서슴업시네—하고우섯지
그러고 당신과나는 헤여저버
렷다
그—내일저녁에나는무엇을차
젓나
나는친구에쓸녀서키네마구경
갓지
네—하고웃슨大同橋구경은아
조이젓지
그러고벌서한해는지나갓다
그大同橋우에나는홀자서잇다
당신의슬슬하든맘을그대로
늣긴다
보름달은오날저녁도 퍽밝다
그리운녯날이여 다시한번마
저지다
아아 닛기어려운追憶이어

「추억」, 김강경부 作, 1925년 7월 20일, ≪동아일보 4면≫

달밤에 鄭順貞

달밤에부는바람
쳐량하게도
외로운나무그늘을
하느적하느적줍니다

달밤에나무그늘
하위적거리면은
힘업는솔방울
하나식둘식떠러짐니다

떠러지는솔방울
섹섹굴뎅굴면은
잠자든버레소스라쳐
목칭웃듬만을울닙니다

잠자든버레
들판을울니면은
마을의幽女외로움안고쉬
용소슴치는눈물억제치못합니
다

「달밤에」, 정순정 作, 1925년 12월 13일, ≪동아일보 3면≫

일년에두번만 왁첸 주사를하면
완전히 예방할수 잇는것입니다
백일해 이병에는 아직가지네
개는 예방왁첸주사를 하지안코
다만

치료로

병에대하여왁첸주사는 의학 상으
로확실한 효과를 보지못하엿닭
입니다만 백일해는 한번걸리면
대개는 종생면역이 된다고 합니
다 죽한번 백일해에 걸렷든 아회
는한평생 다시는 백일해에 걸리
지안는다합니다 이상 여러가지
류행병에 대한 면역과 한을 알어
두면 류행병이 청행할때에 미리
예방할수 . 는것입니다

시골主婦의 노래―篇 南泰山

一

백두산이 높다하나
시애비보다 더높겟소
사자범이 무섭다하나
시어머니보다 더무섭겟소
고초호초 맵다하나
시동세보다 더맵겟소
해와달이 밝다하나
시누이눈에서 더밝겟소

×

외나무달이 건너가기
조심한심 만라하나
이내인간 시집보다
조심한심 더만켓소

×

菊花쯧치 곱다하나
남편보다 더곱겟소
함박쯧치 곱다하나
자식보다 더곱겟소
조심한심 만흔시집
이늘바게 볼것업소.

二

못할네라 못할네라
시집살이 못할네라
남편님븐 옷달나오
안즌애기 밥달나오
누은애기 젓달나오
소와말은 집달나오
도야지는 죽달나오
닭의부리 뫼달나오
못할네라 못할네라
시집살이 못할네라

「시골 주부의 노래」, 남태산 作, 1930년 3월 2일, ≪조선일보 5면≫

그 女子의 告白

柳在衡

나는 처음에
그男子와 사랑하엿습니다
自己로부터 全宇宙가 그리
고 그焦點은
참되고거룩한「사랑」에잇다고
우리들의瞬間은 永劫가티遇
달엇습니다

○

다음으로 貞操를밧치지요
女子의 오직하나인 生命을
所有를
스위ㅅ-트홈 스위ㅅ트-홈
스위ㅅ트-홈

그리하야 새로운藝術品하나
들이世上에보냇슴니다

○

이거봐요 그것이꿈이엿지요
꿈이엿습니다
爆發을햇스니가요
다이나마이트 所持者는 누
구이냐고요!
勿論그男子이엿슴니다

○

그러나나는勇敢하엿슴니다
그러기에 이거리를 것는것
이지요
그리고 지금同志의 吊曲을
한창슴니다
몃칠後에는 이홈도업는街口
에서 배회합니다

「그 여자의 고백」, 유재형 作, 1930년 10월 17일, ≪조선일보 3면≫

내 마음

鄭順貞

색시의허터러진머리카락가튼
축-축-느려진 수양버들이
바람결에 하늘하늘 찰뭇을
스칠때
고이잠드럿든 이내마음은
깃을펼고 이러낫슴니다

녯記憶새롭어서
이내마음쇠를때
눈물조차 새롭슴니다
이어이 내마음뿐일가요
靑春時節한때는너나할것업시

「내 마음」, 정순정 作, 1925년 9월 8일, ≪조선일보 3면≫

말슴할가
그리움 사못칠께 눈물이라
하소할가
닭알에 외로운몸이 멀리南
쪽 바래네
◇
지낸밤 꿈이로다 歲月이 어이
빨으논다
님의품 떠나온케 하마八年
되단말이
애닯다 못일운뜻을 홀노품
고 우다니

漁父의안해

吳聖德

나는漁夫의 안해라오
해만지면 고기잡이가신 님생
각에
가슴이 방망이질하는것갓소
그모진風浪을 어쐬나 넘어
오는지

어둔밤바다에서 方向이나 일
치안엇는지
심지여고기는얼마나잡엇는지
그물은일치안엇나하는근심에
맘이편할때가업서념려스럽소
◇
그이의밥을 다해노코
無情히커무는 바다가모래바
헤서
나는우리사랑의열매인『갓난
이』를업고
水平線을위흔드는 獅子가튼
荒浪의바다
커웃을 바라다보오
먼두세집의漁村에서 희미한
불이반짝일때
님의배의등불이 아닌줄 판연
히알것만
그래도기다리는 애닯흔맘에
그쪽만바라보오

「어부의 아내」, 오성덕 作, 1930년 12월 3일, ≪동아일보 5면≫

가을의서름

排花女高 朴姬貞

해마다해마다 가을이와서
푸른풀이 마르고
차듸찬 바람이불어
丹楓들고 닙떠러질때면은
모든사람 설따고합니다
◇
해마다해마다 가을이와서
꽃풀리며受粉하야 거두어노흔
볏갓가리가 마을에갑부고
쌀밥에 배는불너도
모든사람 설따고합니다
◇
해마다해마다 가을이와서
一年食糧을 다ー準備한후
閑暇한겨울밤에
즐겁게安息할것을 깁버하면
서도
모든사람은 설따고합니다

「가을의 설움」, 박희정 作, 1926년 11월 3일, ≪동아일보 3면≫

모던걸 시리즈 시집

초판 1쇄 발행 | 2021년 6월 30일

지은이 강경애 김강경부 김명순 김사용 김송은 김정수 나혜석 노천명 박재관 박희정 백국희 시영 안송 양우정 오성덕 오신혜 유재형 이종한 정순정 지하련
펴낸이 이민섭 | **편집인** 정대영 | **담당편집** 장주희 박윤하 김현석 | **검수** 강제능
디자인 김수현 | **마케팅** 안지연 | **펴낸곳** 텍스트칼로리 | **발행처** 뭉클스토리
출판등록 2017년 4월 14일 제 2017-000022호 | **주소** 서울특별시 영등포구 선유로27, 1212호 | **전화** 02-2039-6530
이메일 mooncle@moonclestory.com | **홈페이지** www.moonclestory.com

텍스트칼로리는 여러분의 소중한 원고를 기다리고 있습니다.

Published by Moonclestory.Co.Ltd. Printed in Korea.

텍스트칼로리는 뭉클스토리의 임프린트 브랜드입니다.

ISBN 979-11-88969-30-2
ISBN 979-11-88969-28-9(세트)

※ 잘못된 책은 구입하신 서점에서 바꾸어 드립니다.
※ 이 책을 들고 소제동 텍스트칼로리에 방문하시면 음료 및 굿즈를 1회에 한해 10% 할인해 드립니다.